Papa is de allerbeste

Voor mijn vriend Mark
–*JA*

Papa is de allerbeste

J.M. Walsh & Judi Abbot

DELTAS

Mijn **papa** is een echte
slaapkop.

Niemand snurkt luider dan hij.

Zijn kusjes prikken op mijn huid,
zijn baardje kriebelt mij.

Maar niemand anders kietelt me
zo lief en leuk als hij.

Ontbijt met **papa** is een feest!
Nog nergens is het lekkerder geweest.

Pannenkoeken, appelsap, eitjes,
ham en havermoutpap!

Op zijn sterke schouders
kan ik alles aan.

Zo hoog op **papa's** nek
raak ik de sterren en de maan.

Samen huppelen en hollen,
met **papa** kan ik lekker dollen!

Paardjerijden op zijn schoot,
trekken, springen,
rollebollen,
papa kan
tegen een stoot.

'Kom op,' zegt **papa**,
'we gaan een eindje fietsen.

Lucht in de bandjes,
wat olie hier en daar,
op het zadel en
vertrekken maar!'

Daar gaat **papa**!
Wat is hij vlug!

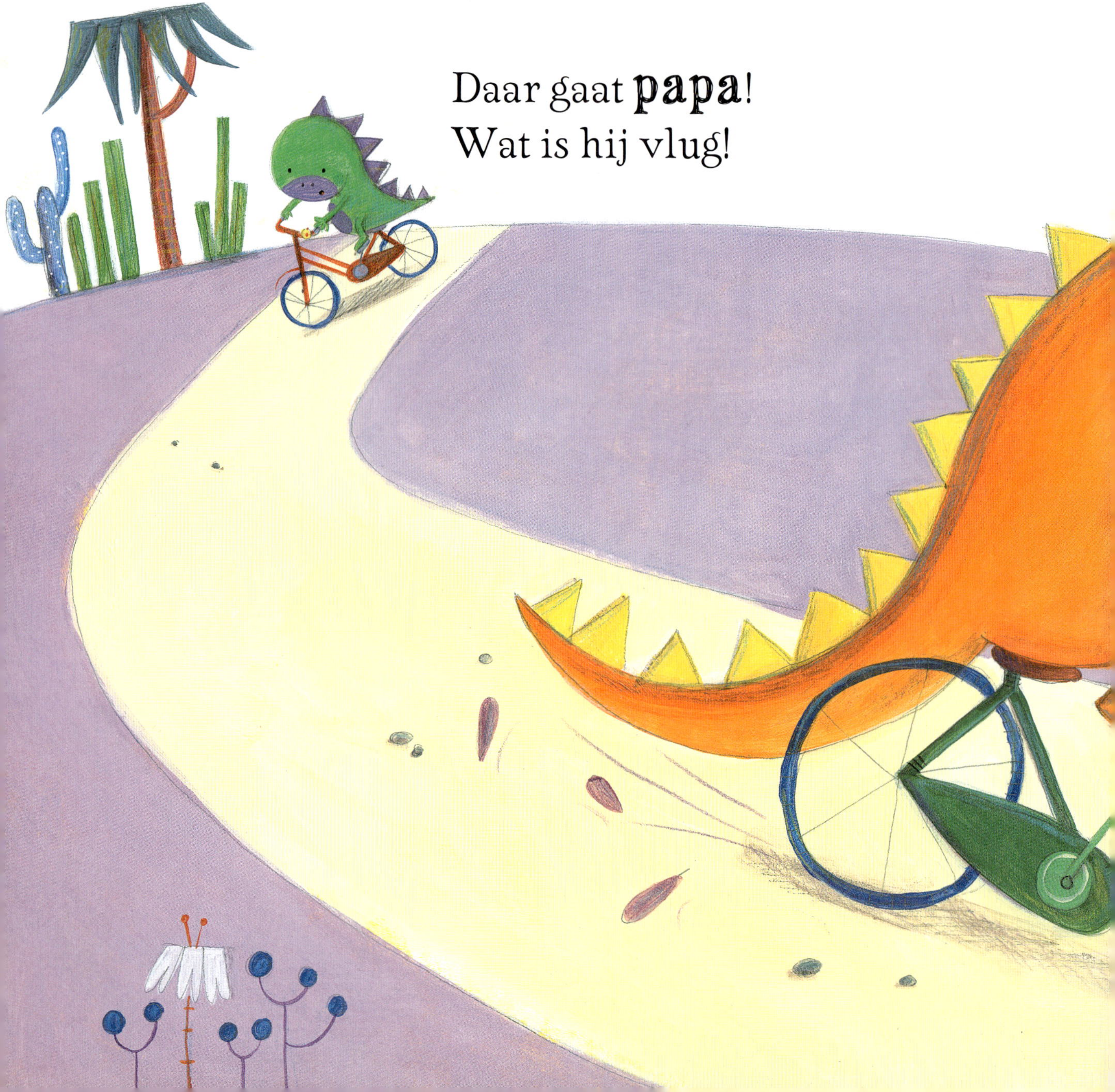

En ik zit heerlijk
uit de wind
achter zijn
brede rug.

En als het regent,
verzint hij andere dingen.
Een robot en een pop laat hij dansen
en zingen.

Een spelletje spelen
of een kaartenhuis bouwen?
We steken snel de handen
uit de mouwen!

Als we samen koken,
hebben we de grootste lol.
We proeven en ruiken
en smakken en smullen...

Pizza, hamburger, spaghetti?
We eten onze buikjes vol!

Maar wie zorgt er altijd voor
dat ik mijn tanden poets?

Als **papa** een verhaaltje leest,
luisteren mijn knuffels mee.
Dan is het echt
superleuk,
in m'n tentje
met ons twee.

Als ik 's avonds in mijn bedje lig,
geeft **papa** me
een dikke zoen.
Dan weet ik
dat ik fijn zal dromen
over wat we morgen
samen doen.

p
a
p
a

Original title: *I love dad*

First published in Great Britain in MMXV by Simon & Schuster UK Ltd
1st Floor, 222 Gray's Inn Road, London, WC1X 8HB
A CBS Company

Deze uitgave door: Deltas, België-Nederland.

D-MMXIV-0001-281
NUR 273